大海王的10個祕密

林加春 著

目次

第三個祕密

王海大，倒過來唸就是「大海王」，這個名字真好，可惜不是我的，更洩氣的是，我叫丁船一，倒過來唸只是一個船丁，怎麼樣都輸給大海王。

「你爸慷慨，每個兒子都給一條船，這還不好嗎？」媽媽抱著二弟餵奶，大聲教我：「去跟那個王海大講，你長大會抓很多魚，賺很多錢，只會贏人，不會輸的啦。」

我嚇一跳，王海大是我的朋友，不過這是祕密，不能講的。幸好二弟哭了，媽媽起身幫他換尿布，我趕快跑出來。

大弟在廟前空地跟人玩「殺刀」，手臂揮舞，腳往前踏，很威風。看一看，他這一國比較厲害，不需要我幫忙，我轉身跑向沙灘。

沒有大弟或其他人跟著，王海大才可能讓我進他家。

「大海王！」

站在沙灘林投樹下，我喊一聲，如果王海大在家，他會出來打招呼，若是只有我一個人，那他還會帶我繞過林投樹，上到他的船。

把船做成房屋，住在船上，王海大的家跟部落裡的人都不一樣。他把船藏在海邊大石頭下，那裡有個大窟窿，沒有人知道這件事，我也不會跟人說，因為這是祕密。

喊了兩三聲沒有見到人，王海大去捕魚或是去做工了，不在家。

這個沙灘有很多碎礁石，沙子比較黑也比較粗，旁邊是一大座山，直直高高，像看著海的石頭巨怪。山再過去，就是更大的海，聽說大到沒有邊，就只是水和天！

「以後，等我會游泳跳水了，我要從山上往海裡跳。」上次我跟王海大這樣說時，他笑哈哈，沒說好或不好。

一群鳥從石壁飛出飛進，往海裡衝，牠們在抓魚。能飛，是我第二個願望，第一個願望當然是能游，像魚那樣，在大海中游！

「船丁，過來幫忙！」好像有聲音。

只有王海大會這樣叫我，別的人都叫我丁一或大丁，可是我看不到王海大，他在哪裡？

林投樹叢後面沒有人，我踩過海水，走向大石頭。

「喂，這裡啦！」王海大從海水裡冒出頭，喔，是在另一邊碎石灘前面。

碎石灘會滑腳，我得小心不要跌跤。王海大是個大人了，要我這小孩子幫什麼呀？

「船丁，幫我把尾巴的石頭搬開。」王海大抱了個什麼東西，在海裡劈劈啪啪大聲喊。走靠近才看清是條大魚，魚頭被王海大抱住，魚尾巴在石灘上下掀拍，被石頭碰破，流血了。

這條魚像爸爸的船那麼大，可是怎麼游到我們這個小海灣？爸爸都說這邊海裡礁石多，船進來太危險！

「大海王，你叫魚不要動啦。」魚尾巴比我的頭還要大，動得又快，我連摸石頭的時間都沒有，怎麼搬？

王海大放開魚頭，游回灘抱起魚尾巴：「快點！」

喔，他突然變得更高更大了。

石頭都不小，我把它們又推又滾地移開，魚尾巴漸漸不再拍打。王海大的腳板在水裡面踩，一邊吹口哨，很尖很細很長的口哨聲，起先我以為是風聲或鳥叫聲。但都不像呀？抬頭看，是王海大嘟尖了嘴發出來的。

突然，大魚往前游動，王海大順勢將魚尾巴朝大海推，一把抱起我：「快點，我們送牠出去！」

什麼？要跟著大魚游嗎？

海水把我漂浮起來，王海大跑向魚頭，半途把我放在魚背上：「船丁，坐上去。」魚身濕濕滑滑又寬，我兩腿跨開也夾不到魚肚子，幸好大魚游得慢，很穩，我很快就發現：牠真是一條船，魚船！

王海大跟在大魚身旁，我感覺魚聽他的話，轉向大石頭那邊，那裡水比較深，不像這裡水淺又有很多暗礁。

大魚要游出海灣了！四周都是海水，我的身體慢慢也泡在海水裡。

「喂喂喂，我不會游泳欸！」我急得大喊。騎坐魚身上，到大海上玩，真的很新奇，可是我不知道怎麼回家，大魚不會像爸爸的摩托車，把我載到家門口！

聽見我大喊不會游泳，王海大先叫魚停下來，他把我抱下魚背，讓我漂浮。

「跟著我游。」他說。

吹口哨，要大魚繼續游向大海，王海大接著教我抬腳打浪，划動手臂。他本領真好，站在水裡還能露出頭和肩膀，輕鬆跟我說話。

「怎麼樣？游泳很簡單吧，你只要身體浮起來，動動手和腳就可以了，海水不可怕呀。」

果然，我喝了幾口鹹鹹的海水，讓鼻子嗆幾次後，就能夠自己游向前，不必他幫忙了。

跟在王海大旁邊，我才游一陣子，他又要我臉朝天躺著。

「這怎麼游？」

「不游了，海裡有石頭，很危險，我帶你回沙灘。」

海水軟軟的搖晃，很舒服，我看著天空居然睡了，等王海大抱我走上碎石灘才醒來，哇，他身上有很濃的海水味道。

吃晚飯時，我告訴爸爸：「今天有一條大魚游到海灣裡……」多大呢？我雙手張開比畫：「跟船一樣大，手都抱不住……」

哎呀，筷子畫到大弟的臉，「嘿！欸！」他叫一聲，也拿筷子來戳我。

媽媽先打了我的手，罵：「沒規矩！」又吼大弟：「吃飯，不准玩！」

「有這樣大的魚？」爸爸笑起來，轉臉問媽媽：「你們都看到了？」

大弟大聲喊：「他亂講，又沒有大魚。」我急了：「是真的，大魚被碎石灘割破皮，尾巴流血……」

「魚呢？」爸爸媽媽同時問。

「大海王給魚帶路，把魚送出海灣了。」我老實說，想不到爸爸搖一下頭：「嗯，真奇怪，囝仔頭殼會有這麼多故事！」

明明就是真的，爸爸卻當做故事，我很失望，沒再說下去。

「大丁啊，你若看到大海王，告訴他，把魚帶到我的船邊，爸爸就不用辛苦啦。」洗過澡休息時，爸爸搖著扇子這樣說。

很高興爸爸還記得大海王，「好！」我躺在床上大聲應。

爸爸媽媽都不知道，我今天也跟著大海王學會游泳了，這是第三個祕密。

2 你叫什麼名字

「他說的大海王會不會是看到……」

做夢時聽到聲音，媽媽是在說我嗎？

「不會啦，小孩子說話像故事，別跟著緊張。你想，那麼大隻魚，真的游進灣裡來，會沒人看到，沒人去抓？」

喔，是爸爸的聲音。

「……那，你看，要不要去收驚？」

「免啦，孩子會吃會睡，又沒怎樣……」

「……玩得全身溼答答……」

「沒要緊啦，小孩子會玩才好，海水沒那麼可怕啦……」

咦，王海大也這樣說，爸爸認識他嗎？

第一次見到王海大時，我正在沙灘，跟著隔壁的阿財哥他們採海菜。有一個人從我旁邊走過，看我們，「你們採這個是在玩嗎？」

我告訴他：「這能吃也能賣錢。」

他沒再跟我們聊天，往另一邊走去。

我問阿財哥：「他是誰？」阿財哥說：「可能是漁工啦。」

沒人注意他去哪裡了。不久阿財哥他們去海水浴場玩，剩下我一個人，他又站在海水裡喊我：「喂，怎麼只有你？」

我傻笑，看著他問：「你游泳喔？」

經常有人走過我家前面馬路，在部落裡繞，最後走下坡，爬下石頭階梯，走向海裡的大石頭，爬上去釣魚，或是跳水游泳。

王海大沒拿釣竿，我猜他來游泳，可是他搖頭，說是來看海、看魚。

「你沒有看過海和魚喔？」

王海大被我問得笑起來：「我是大海王，海和魚都歸我管，連船和海鳥都要聽我的。」他坐到我旁邊，大大腳板長長手臂讓我看呆了。

「你叫大海王？」

看我信以為真，他又笑了：「沒有啦，我叫王海大。」

我就這樣認識王海大，跟他做了朋友，因為我把採到的海菜都送給他。

「好，大海王跟你做朋友，不能跟人講喔，這是祕密！」王海大說完又哈哈大笑。

他很愛笑，個子很高大，說的話很好玩，喜歡送我「祕密」，連教我學會游泳的事也是祕密。

知道王海大的名字後，過了兩三天，我們又在沙灘看到他。

他大聲「喂」我們：「喂，你們幾歲了？怎麼沒去學校讀書？叫什麼名字？」

「我們明年才要上學。」進富拖著鼻涕回答，雙胞胎的進發撿起石頭丟向海水：「學校又不好玩。」

我告訴王海大：「他們叫進富、進發，他是萬祥，那是大胖，這是我弟……」

還沒說完，萬祥就搶著喊：「他叫丁船一，他弟弟叫丁船二、丁船三，哈哈哈，一根釘子傳一個、傳兩個、傳三個……」

「你亂講，又不是釘子……」大弟推萬祥，不高興的吼。

「叫我大丁啦，釘子很大，船就牢靠了。」這話，是爸爸教我的。

王海大跟著笑，不過，他說我的名字取得好，「好記又響亮。」

「我們都叫他們丁一、丁二。」大胖爬上礁石，正好看到王海大丟出石頭。

「喔！喂……」大胖叫起來，跟我們招手：「他打了石頭會跳欸，喔……」

我被進富擋住，沒看到，大弟和萬祥搶著爬上礁石，嘰喳吵：「再一次，再一次，你再丟……」

王海大真的又丟了四、五次。

我們都只會往海裡丟石頭，比賽誰丟最遠，王海大不是，他對準海裡大石頭邊邊打，石頭飛出去後會轉彎，再碰到海水又跳出去，再跳、再跳……有時跳往前，有時就繞圈……

他笑哈哈離開後，我們四處揀石頭，挑扁的、薄的，學他側身低手甩腕，丟了一大堆到海裡，就是學不會他的特技，最後只好沒趣的爬上階梯回家。

家裡拜拜的那個下午，進富兄弟和萬祥、大胖都去山下廟那邊，看人家打鼓。我來海菜灘玩水，又碰到王海大。

「喂，船丁，你會打水漂了沒？」

被王海大這樣叫，我覺得很好玩。

「沒有。」仰起臉我大聲回答，又問：「為什麼石頭會聽你的話？」

雙手插腰站在山崖，王海大很神氣的看向海水浴場：「是海水會聽我的話。」

突然，王海大轉身跑入海中：「我要去做事了……」他游得很快，我才眨個眼皮就什麼也看不到，王海大好像潛到水裡了。

在石頭上跳啊爬啊，想起王海大剛剛說：「要讓海水聽話。」我真的就爬下山崖，趴進水裡試。

「你叫什麼名字？」小聲說完，我等一下，海水沒回應，我又說：「來！」

咦，海水真的湧上身體，把我的頭和臉都打溼了，哈哈。

站起身撿了石頭，準備打水漂時，山下的鼕鼕鼓聲忽然停住，換成「喔——咿——」「喔——咿——」的救護車聲。

扔了石頭回身爬石階，我鑽進樹林和山壁間，一手抓樹枝，一手撐石壁，大步大步跳下。

從大石塊邊一道山壁縫隙跨腳鑽出來，已經到了廟後的雜物間，繞過去時我差點被一支竹掃把絆倒。

廟前廣場圍很多人，救護車也停在那裡，警車的燈還在閃，我興奮得擠進人堆，想看更多些。

大家都低頭往山崖下看，「這邊，這邊。」很多聲音在喊。一個擔架，穿橘紅色衣服的人，警察「嗶嗶嗶」吹哨子，還有人喊：「緊、緊、緊！」

直到「喔——咿——」「喔——咿——」，救護車動了、叫了，我才發現自己站在警察旁邊，可是，什麼也沒看到。

「你哪裡來的？」「你叫什麼名字？」大人還圍著另一個警

察，我趕快跑過去。

「我喔，來玩的。」「大家都叫我『海啊』。」是王海大的聲音，我蹲下來看，見到大大腳板，沒有錯，就是他。

「他很會打水漂！」一個聲音喊得每個人都笑：「猴囝仔！」是萬祥、進富他們。

「剛才是怎樣了？」我去問進富。

「兩個人釣魚，被魚拖下海……」「打水漂的那個人，救人……」進發和進富爭著說。

沒有人知道他叫什麼，大弟、萬祥、大胖和進富兄弟也不知道「王海大」這名字，這真的是他和我的第一個祕密。

3 這是真的嗎

山下的廟，遊客很多，他們來看海邊落日，看大船進港出海，看海浪沖打礁石，去海水浴場玩，然後就到廟旁邊的小吃街吃海產，當然，他們也會到廟裡拜拜。

大尾仔的家就是賣吃的，我喜歡跟爸爸來找大尾仔。他們原本也住在山上部落裡，為了做生意才搬下來，爸爸的船抓到魚都賣給大尾仔。

「以後我抓到魚，也要拿來這裡賣。」我偷偷跟廟裡的神明說。

接連兩三天去海菜灘玩水打水漂，我的石頭打出去能跳舞了，最多跳四次，萬祥和大胖都輸我，他們臉臭臭的，玩得不開心。

「我們去猴仔洞玩。」大胖先喊，帶頭爬石階。

跟在進富後面爬階梯時，聽到熟悉的「喂！」

是王海大在喊，喔，我停下腳。

剩我一個。

「他們要去哪裡？」王海大全身滴水，從海裡走上來，挑個石頭坐下，問。

「猴仔洞。」伸手往上指，我告訴他：「紅色屋頂再上去。」

我想到一件事：「你不是漁工喔？」

王海大笑嘻嘻：「我在海裡工作。」

我聽不懂，改問別的：「你怎麼知道有人掉進海裡？」

「我是大海王呀，海裡有什麼事我都知道。」王海大說得神奇無比，我猜他在吹牛，要不就是講故事、哄小孩。

「你住哪裡？」

「我當然住在海上。」

可能嗎？我一點也不相信。

王海大咻地站起來，把我嚇一跳：「又有人落海喔？」

「不是。」笑開大嘴，王海大走向我家山坡下那片沙灘：「走，帶你去看我的家。」

鋪著灰黑沙子的大塊沙灘，有一些罐子、塑膠袋、繩子，靠山壁石階還有一堆枯柴、漂流木，林投樹爬爬站站擋在沙灘和礁石中間。

一隻竹筏放在林投樹腳邊，以前，阿財哥的爸爸每天從這裡推膠筏出海捕魚，現在他去做漁工，竹筏很久沒下水了。

王海大停腳，等我趕上他了，繼續沿林投樹走。咦，繞過一大圈後竟然出現一塊石頭灣，沒有路了，暗紅色的大石頭泡在沙灘和海水間。

「這是哪裡？」

「鐵仙平臺。」

走過平臺，王海大身體一蹲，伸腳跨到另一塊黑石頭，「你等一下。」說完不知鑽到哪裡，人不見了。

我認得這塊黑石頭，是「牛屎石」。傳說神牛在這裡被拉上天，牛腳踩住山頭，一蹬，牛上了天，山頭卻崩落一大塊，滾到山腳下像坨牛屎，神仙覺得難看，就用海水蓋住石頭。

「喂，船丁，跳下來。」一條船從平臺下划出來，王海大喊我。

「你怎麼有船？」

「這是我的家。」王海大說，重新把船划進平臺下。

原來平臺底下有大窟窿，從上面看不到，旁邊的「牛屎石」和礁石塊又正好圍住擋著，沒有人能看到這裡面。

「我發現的，這是祕密，不能講！」王海大笑嘻嘻停好船，摸著頭頂岩石說。

船上有遮篷也有床，我羨慕極了：「你的家真好玩。」

「好玩又堅固、安全。」王海大從石壁洞隙拿出一個鍋子：「我就住在海上，信了吧。」

很奇怪，我真的沒跟人說王海大有船的事，連鐵仙臺下的大窟窿也沒告訴別人，因為這是王海大送我的禮物：第二個祕密。

他很像是好人，可是有一次他拿起我的簍子，看見裡面三隻小魚，忽然板起臉：「你抓這種小魚做什麼？」

「去賣呀。」我又繼續抓魚。

礁石下游出一隻青藍色鸚哥魚，才探出半個身體就立刻折回石頭底下，我等著，牠應該會再出來。

「哼！」王海大把魚倒回海中，生氣的丟開簍子：「你不可以胡來！小魚都要抓！不行！」

「喂，我抓很久欸，你怎麼把魚放了？」我急得伸手再去撈，哪裡還有魚！

看到礁石上的空簍子，我氣歪了嘴：「人家要賣錢的，你幹嘛欺負人……」

「告訴你，這種小魚根本賣不了錢。」王海大口氣很兇，不笑的臉很難看。

「要你管！小孩也可以幫忙大人賺錢……」拿起簍子我不說

了，再往別的礁石找去。

王海大走到旁邊來：「喂，我沒有欺負你，這邊沒有大魚啦。」

他不兇也不氣了，我卻很洩氣，沒有抓到魚，怎麼辦？

「船丁，你爸爸媽媽呢？」王海大問得我呆呆的：「在家啊。」

「爸爸還好嗎？」

「爸爸他……」頭才搖一半，我趕快又點頭：「好多了。」受傷不能上船出海，但是能跟我們說話，吃飯睡覺都正常，這樣應該算「好」的吧？

「他在家？做什麼？」

王海大越問越奇怪，我有點擔心：「爸爸欠你錢喔？我家沒錢了，爸爸還沒好，在休息，你不要來……」

還沒說完，身體突然騰空，我哇哇叫：「你要做什麼？」

「抓魚。」王海大舉著我踩過礁石，三兩步就到山崖前端，再往下爬。

「去哪裡？」

「龍蝦洞。」

海浪轟轟聲特別響，好像打在空洞上。

嗄，有這個洞？

眼前黑漆漆，過一會兒我才看見腳踩的礁石，這種地方會有大魚嗎？

「有。」

王海大幫我把簍子橫卡在兩塊石頭中間，泡著水：「在這邊等，我去抓大魚。」

「我可以下水嗎？」

「行啊，別滑倒……」王海大游出洞外。

我興沖沖伸腳，嘿，水深到膝蓋，才一蹲下去褲子就溼了。把手裡的樹枝插進礁石洞，希望能釣到什麼。

順著石頭往水底下摸，有個傢伙縮進洞隙不出來，我伸長手，摸到牠軟軟滑滑的身體。

「出來，我抓……」

捉迷藏還沒玩完，王海大叫我了：「喂，船丁，看到沒？大魚！送你。」

這是真的嗎？他手指勾住鰓蓋，一手抓一隻，都有我半人高那麼長，活跳跳的大魚！

「要送我喔？」

「對，送你，去賣錢。」王海大要我起來拿簍子。

「裝不下吧。」我爬上礁石，看見一隻手臂長的大龍蝦卡在簍子裡，懸在眼前。

哇，這是真的嗎？

4 今天的運氣

讀國中的阿財哥，個子高力氣大，是部落裡的孩子頭。聽到他邊走邊喊：「大丁，要撿柴嗎？」我很快跑去跟著。

看阿財哥往山路邊石階走下，要去沙灘拖漂流木吧，可是他下到沙灘卻去拉竹筏。

「要把它做柴喔？」

「我要去抓魚。」阿財哥用力推，我幫著抬起竹筏，哇，很重！

兩手握住竹管，橫著身體螃蟹走，竹筏被我抓得搖晃傾斜，沒幾步就坐在沙灘上，阿財哥乾脆自己拖。

「我跟你去！」

阿財哥一聽，把簍子交給我：「上去啊……」

等我上了竹筏，他扶住船頭用力推，放進潮水裡，浪來了，船順勢被推入海。

從船尾跳上船，阿財哥雙手操槳，竹筏輕飄飄，聽話的朝飛碟丘游去。

「飛碟丘」是海中一塊大岩石，原本叫「蝦蟆龜」，真的像龜背上趴著一隻蝦蟆。自從跑貨輪的阿福大哥說它像飛碟，我們就改口了，至少，「飛碟丘」比較響亮，又時髦！

經過牛屎石時，我仔細找，竟然看不到王海大藏船的大窟窿。

「那塊石頭……」

見我仰頭看鐵仙臺，阿財哥趕快要我轉過臉：「別看，不能指！」

他低頭專心划槳，直到靠近飛碟丘了才開口：「那塊石頭很奇怪，公廟的神明說，它有靈性，不喜歡被人看或指……」

「會怎樣？」

「聽說會把船吸過去，撞爛！」

我嚇一跳，那王海大慘了！他的船就在怪石頭底下，有危險……

「幫我拉……」收起槳，阿財哥喊我。

從海裡拉起網，重重的，我雙手用力拖，差點跌進海裡。

「欸！喂，我來我來，你把魚抓進簍子就好。」阿財哥兩眼盯著網，拉拉停停。

魚？我張大眼，網目上真的卡著魚！還不少咧。

阿財哥抖抖網子，讓魚掉到竹筏上，一隻白鯧卡太緊，阿財哥把網目撐開，抓下牠。

我手忙腳亂，彎腰到處撿，把魚放進簍子。虱目魚、烏格、花身、青花、白帶魚、烏尾冬、沙梭、秋姑、我愛吃的肉魚，還有一隻螃蟹。

「大沙公也放進簍子嗎？」會不會把魚咬爛？

「都放進去。」

阿財哥直起身喘口氣，正好見到一條魚從簍子裡跳出來，彈兩下，又回到海裡去。

「厚！」他心疼的怪叫。

「那是什麼？」扁扁的，一面黑一面白，唷，兩個眼睛同在黑黑的這面，怪魚！

「加令狗啦！」阿財哥加緊收網，他再不快點來，魚都要逃光了。

每隻魚都活蹦亂跳，爭著要回海裡喝水，簍子已經裝滿，我只好趴在簍子上，先用身體擋住。

「大丁，用網子蓋住魚，別再放進簍子……」

竹筏上厚重的漁網纏疊一團，好不容易抓起一角，壓蓋住簍子，可惜那隻大沙公爬走了。

「哇，喔，起……來……」阿財哥喊得臉紅脖子粗，咬緊牙卻拉不動漁網。

「大丁，幫我拉住，我把船動一動。」

握著網繩，我有些擔心，怕抓不住讓網子溜下去，又怕阿財哥沒操作好，把船弄翻。

阿財哥架好槳，先讓竹筏往左偏，沒效！再往前，不行，卡得更緊，要退後才行！喬很久才把漁網拉上來，糟糕，破了個大洞！

「怎麼辦？」

「回去再補啊。」阿財哥還是很高興：「抓夠多了，今天運氣特別好。」滿滿一簍的魚，再加上網子裡還在跳的，嘿，「可以賣不少錢欸……」

阿財哥起勁划槳，他急著回去賣魚。

「你要賣給大尾仔？」

阿財哥把船稍微往左邊轉，可以見到林投樹了。「不一定，港邊碼頭那裡也會有人出好價錢。」

可能阿財哥腦子裡忙著數鈔票，沒留意浪從船邊推上來，船一歪，我掉進海裡，「碰！」連同簍子、漁網也滑下。阿財哥哇哇大喊，努力回正船身，等他抽出船槳讓我抓住，我都劈劈啪啪游好幾尺了。

幸好已經接近淺灘，阿財哥跳下竹筏，趕快去搶救漁網和簍子。

魚跑掉不少！

平安回到沙灘上，我嗆咳幾聲，很洩氣：「今天真歹運！」

「誰說的？」阿財哥抹掉臉上水珠，告訴我：「好在你沒事！今天運氣特別好！」他笑開嘴，滿臉興奮：「嘿，大丁，你會游泳啊？」

哎呀，我不能講的祕密破功了！

魚網裡有東西噗噗跳，阿財哥提起網子，哈哈，還有魚卡在裡面，而且多了兩隻大沙公……

會游泳，也跟阿財哥出海抓魚，我對海越來越著迷。爬到礁石看浪打出水花，或是跑到山上高處，看海面大船變成小黑點，紅通通太陽掉進海，這些都是美麗快樂的事。

抓魚，那更好玩。

釣魚很簡單，我們在石頭縫插根竹竿，綁條線垂進水裡，等魚來報到，人就跑去碎石灘撈魚。

萬祥拿他家的麵杓來撈，進發脫了衣服當網子，可是魚笑我們笨，打了我們手心就溜開。只有一次，大胖居然釣到花身魚，他忽地起身要抓卻滑坐下去，魚跑了，大胖站起來後內褲掉出一隻小螃蟹，把我們笑得嘴巴比螃蟹還大。

有時不用釣竿或撈網，站在礁石邊，看準水中的魚，伸手去抓，大家先捧起牠們哈哈笑，再趕快放牠們回海裡。

這天，我釣魚時一直東張西望，很多天沒遇到王海大了，他去哪裡了？

「喂，船丁，在做什麼？」親切熟悉的聲音喊我。

「大海王！」

我一邊跑一邊喊，急著要把知道的事說出來：「鐵仙臺很危險，你別住那裡……」公廟神明的指點，還有船會被吸住、撞爛的事，我一口氣講完。

王海大盯著我看，笑哈哈問：「喂，你怕什麼？」

「你的船會撞爛，你會沉……」我不敢再說，這種話很觸楣頭，大人會罵的。

「船丁，我是大海王，跟神仙一樣大，海就是我家，你忘了喔？」王海大完全不在乎，照樣嘻嘻哈哈。

「而且，我運氣好得很，記住喔，我是福星。」王海大開開心心的大笑。

5 賽山豬

龍蝦洞是王海大送我的第四個祕密。

大家問我，哪裡釣到大魚和大龍蝦？我朝山崖方向隨便指：「在石頭縫釣到的。」

雖然懷疑我的技術和釣竿，不過大家都相信我有好運氣；運氣來了，就算沒有釣竿，魚蝦也會被海浪丟到你身上。

「大丁是福星啦。」阿財哥到處跟人說：「大沙公一來就是兩隻，兩隻欸，喔唷！」

阿財哥兩手比著蟹螯，眼睛凸得大大，假裝很羨慕，把大家逗得笑哈哈：「對啦，有福氣的就是這樣……」

進富兄弟和萬祥、大胖也想試運氣，極力邀我再去山崖釣魚。從碎石灘爬上山崖，玩沒多久我就帶頭喊：「去海水浴場看衝浪……」其實，我是擔心龍蝦洞被發現，因為王海大說：「不能講。」

海水浴場的沙灘很大，很乾淨，這沒什麼，海上的帆船和衝浪才稀奇。

我們瞪大眼，看那些人或船在浪頭裡高高低低，躍上溜下，遇到翻船或人跌落水，也幫著「噢，噢」「啊，啊」驚叫，等人再爬起來重新玩，又替他們「哈哈！」「好了！」歡呼，緊張刺激又過癮。

帆船、衝浪板，那種玩具太貴了，我們看一看，還是回家玩自己的。

找山石間的「小路」，從很多人家的屋牆、後門或是屋頂通過，都可以到我家山下那處黑沙灘。但進富兄弟走前面，故意往山豬隧道去。

萬祥吼起來：「吼！喂，不要啦。」

「你會怕喔？真沒膽。」大胖笑嘻嘻，反正他走在最後面，遇到山豬衝出來，他可以跑第一，萬祥氣得說：「好，等一下看誰沒膽！」

海邊舊部落裡有人看到山豬，躲在一條長滿山豬枷的石溝內。

媽媽說，山豬很兇，誰進入牠的地盤打斷牠吃東西，山豬就發狂；山豬牙尖尖長長向上彎，「跟魚鉤一樣，會刺破肚皮。」還說：管理公廟的阿西伯公，年輕時被山豬牙刺傷大腿，一條大疤留到現在還很清楚。

連大人都打不贏嗎？這可真稀奇。

「走，我們去看山豬。」進富一喊，我們幾個全跟來了。

山豬躲的石溝就是山豬隧道，站在外面，我們撿小石頭扔進去，呼呼哈哈大聲吵鬧，可是沒動靜，山豬不在家。

我和進發折了根鹿仔樹的枝條，準備闖進去探險。

「去！」山豬枷葉子忽然有聲響，哇，山豬要出來了！

「山豬！」萬祥喊一聲，大胖立刻就跑不見人，進富和我也跟著跑，只有進發伸直了「劍」，一步一步慢慢退。

「唏、喲……」隧道窸窸窣窣，葉子沙沙搖晃，進發慌得丟掉劍，跟在我後面衝。「啪啪」聲是山豬追來了嗎？

「喂，是猴子啦。」萬祥站在礁石上喊我們。

回頭看，三四隻猴子跑出隧道，對著我們做鬼臉，山豬呢？

「死猴仔！丟你！」進發撿起石頭砸過去，我和進富也跟著戰猴群，牠們抓抓毛，轉頭跳上山壁。

萬祥搖晃樹枝出聲趕牠們：「回你們猴子洞去，去，去……」互相「去」半天，猴子懶施施走了，最沒膽的大胖跑掉沒再回來，進發找回他的劍，萬祥跳下礁石，我們四個決定再去探險。

山豬枷紅紅的果子，在綠葉和黑石頭上特別漂亮，我伸手摘幾顆。

「這能吃喔？」進富問我。

「做槍籽啦。」竹槍有這個當子彈應該好用。

萬祥、進富跟著伸手，連紫黑的蔓榕子也摘，隧道裡的石壁陰暗潮濕，葉叢被我們翻翻掀掀。突然聽到「吼吼」豬叫聲，我才想到正在探險！

蹲下來，往裡面深處仔細看，一個晃動的黑影吼吼叫，清楚看到豬鼻子……

真的有山豬！而且出來了！

我們轉頭沒命狂喊，拔腿衝啊，進富兄弟抄小路回他們家，萬祥很快爬到礁石上，剩我一個呆呆跑給山豬追。

聽著吼吼哇哇一堆叫吼，好像幾百隻山豬在後面，我也慌得鬼叫：「媽呀，快來救我啦！」

等我想到去鑽山洞、爬小路，腳已經發軟沒力了，只能貼靠在路邊石壁上皮皮剉。

「吼吼吼」，一隻山豬衝向我，從我面前跑過去；「汪汪汪」，兩隻野狗追山豬，衝過我面前。

才三隻！牠們在玩嗎？

「丁一！」萬祥叫我，他也看到山豬了。

進富兄弟沒看到好戲不甘願，隔天又找我和祥仔再「玩」一次，連大胖也自願找野狗來追山豬。

山豬毛黑黑黃黃，矮腳胖身圓滾滾；野狗一白一黑，比山豬高又大。牠們吼吼汪汪叫，我們哇哇哈哈喊，山路上人狗豬嚷得熱鬧滾滾。

大膽跟在後面想看輸贏，卻聽到石溝裡野狗「該該」怪叫，被咬了嗎？停住腳看，「阿娘喂！」一隻更大的山豬全身黑，咬啊衝啊，把野狗撞摔出石溝，滿地翻滾……

我們嚇得趕快回頭跑。

回到家，二弟正在哭鬧，媽媽叫我背著二弟在屋裡隨處走，她要拜床母。

我怎麼聽，都覺得二弟哭聲像是被山豬咬的野狗在哀嚎。

「他一定是夢到山豬追咬！」

「別亂講！」媽媽舉著香瞪我。不過，第二天一大早，她就帶二弟去公廟收驚。

我跟著去，意外碰到大胖。尪婆拿他的衣服包住米斗和香，在他胸前、背後、頭頂畫畫唸唸。

「他怎樣了？」媽媽問大胖的爸。

「他喔，去弄山豬啦，猴囝仔，嚇到面色青筍筍，半夜哇哇叫，吃啥吐啥，真蹧蹋！」

這麼嚴重？我跑去大胖面前，他沒笑，也沒看我，一臉愛睏樣。

「過來！」媽媽把我抓到旁邊：「去前廳等。」

夏天，太陽很早就曬得牆壁地板一片亮，穿短褲的阿西伯公搬出椅子招呼大人：「欸，來啦，坐著講較沒火氣。」

我靠過去偷看他的大腿，真有一條蚯蚓樣的紅色疤！

廟殿前一群大人接過椅子，坐下來又繼續吵：「……不行啦，一定要處理！」「我看，叫警察來抓……」

嗄，叫警察！要抓誰？山豬嗎？

6 到公廟去罰跪

部落裡有個大山洞，裡頭一根一根石筍粗粗尖尖，有的到我肩膀高，有的已經接上頂。

進富一喊：「去石筍洞。」我們就嘩嘩嘩跑起來。

爬下礁石臺階，鑽進山壁狹縫，拐兩個彎人就在山洞了。水從洞頂滴落，我們比賽，看誰被滴到最多次。

進發突然喊：「喂，有人要偷石筍……」我們趕快跑出去看。

洞外就是通往黑沙灘的礁石堆，沒有人啊。

「你看到鬼喔！」

被他哥哥罵，進發剛要回嘴：「真的有……」

「你們在這裡做什麼？」阿羅叔戴斗笠從礁石堆爬上來。

「有人要偷石筍。」

「人呢？」

「不見了。」

阿羅叔好氣又好笑：「猴囝仔，真憨慢！」他揮手趕我們：

「好啦，去別地方玩。」

哇，這下沒法比輸贏了，大胖提議玩騎馬打仗，進富兄弟一國，大胖萬祥一國，我跑回家找大弟：「走，我們一國。」

三國在沙灘上打混仗，大弟騎在我肩膀，兩手胡亂抓，嘴裡「吼、啊」怪叫，我負責舉著他，衝撞推擠，還趁機偷襲。

從沙灘「戰」到海裡還是沒結果，乾脆再來玩「海上拔河」定輸贏。

大胖和我們一國，萬祥和進富他們一國。

「喂，這次一定要你們投降！」大胖抓住進發的手腕，先吹牛。

萬祥排在最後，抱住進富的腰，探出頭來叫：「哼哪，你們會輸到脫褲子！」

一、二、三！我用力抱住大弟往後拉，好不容易腳向後連退三四步，快要贏了時，旁邊打來一陣浪，哎呀，大家通通鬆開手，趴跌仰躺喘噓噓。

大胖嗆得一直咳，進發和萬祥從海沙裡坐起來，我甩掉手上一團海菜，進富撥開嘴邊一隻寄居蟹，大弟爬起身喊：「再來！再比一次……」

萬祥笑瘋了：「嘿，嘿，你褲子掉了還要比……」

我們一看，海沙把大弟的布袋褲扯到腿上了！

紅著臉，大弟一把扯下萬祥的褲子，我們又躺到海水裡哈哈笑，咳，我們都輸給大海，輸到脫褲子！

回家時發現部落裡來了警察，警車慢慢開，一家又過一家。

「你們要找誰？」萬祥的阿嬤問警察，她聲音真大。

「找阿羅仔，有看到嗎？」一個警察下車說話。

「去抓魚了，我透早在港邊有看到。」阿嬤還想跟他們聊天：「進來喝水啦，你們找他是要做啥？」

不知道警察說什麼，阿嬤點頭：「喔，好啦，有空來坐啦。」

警車沒有抓誰就開走了，可是賽山豬的我們卻被大人抓去公廟罰跪。

進富他爸罵我們：「兩隻狗被山豬咬得破肚露腸，死在山溝，你們也要找死喔？」

萬祥被他阿嬤打屁股，痛得他抱著屁股左閃右閃唉唉叫。

「大人都知道怕山豬，你是向天借膽，還是沒頭殼，不知道怕？」阿嬤的棍子在我面前甩，我心驚肉跳，垂頭喪氣聽她罵。

「丁船一！」唉唷，耳朵又熱又痛，好像被媽媽擰掉半塊了！

「大人說話你聽到沒？」

我跪直了身體趕快點頭。

「記住了沒？」媽媽拉高聲音，又擰一下我的耳朵，再問：「真的？」「下次還敢不敢胡亂來？」

我只能拼命點頭，眼淚一直掉。

外頭忽然有人叫：「喂，快去救人……」

媽媽愣一下鬆開手，我連忙揉耳朵。

是王海大，他衝進廟埕大喊：「礁石堆裡有人喊救命。」

「喔，快點！」大人紛紛站起身：「人呢？在哪裡？」

看大人跑出去，我們也想跟，萬祥的阿嬤哼一聲：「跪著！」

媽媽停腳回頭瞪我：「不准動！」

唉唷，誰來救我們呀？

「神啊，拜托啦，救救我們。」進發把屁股放在腳上，進富歪坐地上，萬祥東張西望發牢騷。

我們學大人磕頭拜，大聲說：「觀音媽，放我們出去啦，下次不敢賽山豬了。」

嘿，真靈，才拜完說完，阿西伯公就踏腳進來：「啊，你們還在這裡！起來起來，都出去。」

太好了！我們衝出廟廳，差點撞到人。

進富他爸和阿忠叔、得奎叔，還有拄拐杖的阿泰祖太，全都板著長長的臉，其他大人跟著擠進來。

「欸，囝仔郎，別在這裡礙事！」阿忠叔揮手趕我們。

躲到廟牆後面，又看見阿羅叔手腳流血，被阿全伯半推半抓走在後頭。

「他可能要收驚……」

我還沒猜完，「跪下！」祖太罵人了，我們都嚇一跳。

阿羅叔乖乖跪在神桌前，他做了什麼事啊？

廟裡擠滿人也擠滿聲音，在公廟窗外偷看一陣後，我們弄懂了：阿羅叔是石筍洞的巡守隊員，輪到他巡視時就挖斷石筍，再藏到礁石空隙。大家發覺石筍有缺少，早就懷疑是他破壞的。

剛才阿羅叔要把石筍搬下去，想從漁港載出去賣，不知道誰出聲喊了什麼，嚇得他腳踩空出意外，只好喊救命。

祖太的枴杖「咄咄咄」用力敲地板：「哼，注定你被石筍關住！」

「咱祖公啊有靈驗，在處罰你啦！」

「你實在真歹子！祖先留給你的家產，花到沒半滴。」

「祖先有教示，你都沒記著半條，連警察都來要找你！」

一句又一句隨著枴杖聲蹦出來，我們聽得不敢喘氣。

不知道阿羅叔被打屁股或是擰耳朵，他大聲哭喊：「我真該死！」「我錯了！」「請大家原諒！」

阿羅叔在磕頭，他可能要跪很久。

我離開窗戶，萬祥也不看了，我們跑去礁石堆大大喘口氣。

「喂！」是王海大的聲音，他在礁石下。

「你在做什麼？」「要救你嗎？」我和萬祥低頭找卻看不到人。

「哈哈！」王海大笑得很大聲，好像我們問錯了。

「喂，你們看。」王海大從我們背後礁石爬上來，手裡有一隻山羌：「牠在裡面迷路了，哇哇哭。」

喔，我發現山羌跪在他手掌上竟然剛剛好，他的手這麼大！

「你罰牠跪喔？」萬祥問得王海大又哈哈笑：「沒有，是牠嚇到腿軟了。」

7 海龍王打噴嚏

看過王海大的人，都說他的手掌和腳掌特別大，大得不像話。他們不知道，王海大還能夠用那雙大腳直接踩在浪上面滑！

我在龍蝦洞那裡看見他玩這種特技，興奮得大叫：「我要跟爸爸說，叫他來看……」

「喂，船丁，這是祕密，不能講。」王海大說得很正經：「只送給你看的。」

哎呀，「永遠都不能講嗎？」

算一算，王海大送我五個祕密了，我都沒跟人講。

「你不用講啊，時候到了，有些祕密自然會被別的人知道。」笑嘻嘻拍拍我的頭，王海大忽然緊張的跳入海裡。

「船丁，下來，我帶你游回去，天氣要變了！叫你們那裡的人早點做準備。」

天氣變了要準備什麼？我時常聽不懂王海大的話。

回到沙灘，和王海大在林投樹叢分開，他又說：「喂，快去跟你們那裡的大人說，天氣要變了，人到屋裡躲，東西要收好。」

要跟大人說！找誰呢？

跑去公廟，阿西伯公和阿全伯、得奎叔正在泡茶，我喊伯公：「阿海仔說天氣要變了，要我們躲到屋裡去，東西都收好。」

「天氣要變了？怎麼可能？」得奎叔放下茶壺看天空。

「電臺有預報颱風消息嗎？」伯公問阿全伯。

「沒啊。」搖頭，阿全伯喝口茶，看我：「那個阿海仔跟小孩玩，隨便說說的啦。」

「天氣的事難講喔。」伯公走出廟埕，爬到公廟屋頂往遠遠海和天瞇眼看。

阿全伯也走出來：「咦，那邊怎麼黑黑一條線！」

是說哪裡呀？我看天，亮亮藍藍的，沒見到黑線。

「得奎仔、阿全仔，是有可能變天咧，你們還是去通知大家……」伯公下到廟埕交代完，又去找出紅色旗，升到公廟尖尖高高的旗竿頂。

我趕快跑回家。每個小路轉彎我都看一下紅旗，那是危險緊急的訊號，從部落的住家或海上的船都看得見，可是危險在哪裡呢？

尪婆正在趕雞進籠子，「悠——悠悠悠」，邊喊邊叨唸：「這種天氣會做颱風才奇怪咧！」

萬祥的阿嬤拿榔頭要釘門窗，喊著萬祥的媽：「月桃啊，釘子拿出來給我。」

大胖的媽爬上屋頂收晾曬的魚乾，我到家時，隔壁阿財哥的媽正喊著我媽：「秀枝，你門前的護岸要再加石頭……」

我剛要去搬石頭，王海大已經趕來，他一路走一路催，看一家吼一家：「別收了，沒時間了，進屋裡，快點！快點！」

真的沒時間了，天一下子暗下來，海邊突然「碰！」「碰！」轟起大浪，一次比一次大，打在部落這邊的崖壁，我感到腳下震動，地好像要崩裂了。

「快進去躲起來！」王海大雙手猛揮，我們好像都被他抓住用力推：「躲到屋裡去！」

關好門窗，大水潑上屋頂再流下來，屋子「扣扣」發抖，我們一直等水退了，出去看才知道嚴重：路塌了，沙灘上很多雜七雜八的東西。

一輛腳踏車摔在海裡，噢，大山豬公也被水沖進海了！

舊漁港有船被打翻，還有一艘豎直了，掛在公廟邊的礁石上，公廟的紅旗被沖倒……

「啊，我家的竹筏！」阿財哥的媽尖叫一聲，我才看到崩塌的土石上有竹筏，已經裂開分散了。

「這大海湧是怎樣發生的？」阿全伯問祖太。

「可能是海龍捲撞山……」祖太抖著枴杖搖頭：「我自生眼睛不曾見過！」

「這個阿海仔說得真準，像神咧。」伯公轉頭到處找：「他人呢？」

我迷糊了，伯公一下說神一下子說人，王海大到底是什麼呀？

大水怪浪打壞山壁的大大後天，山下的廟和部落公廟同時請了戲班來演戲。

「聽說他們問過神明，是海底千年大魚打架，噴水甩尾，造成大浪。」阿財哥告訴我。

進富兄弟包著綳帶來看戲。

大水來時他們正在榕樹下玩秋千，整塊山壁崩塌，榕樹歪倒，秋千繩斷了，進富先看著進發摔跌下來，接著兩個人都被水推向山路邊坡。

「有一隻手抓著我，在飛；進發頭上流血；水跑進我鼻子和嘴巴……」進富全身抖一下。

「人家都說阿海仔是神仙。」大胖告訴我們。

他家隔壁的金花嬸說親眼看見，阿海仔「一手抓一個，踩在水上面，從山上『咻』衝下來，把進富進發送回他家。」

「可是，尪婆說阿海仔是飛在天上，她在屋裡有看到。」萬祥把螺殼往空中拋丟，再伸手接住：「像這樣，飛……」

好朋友被大家當作神仙，我替王海大高興，只要有人提到「阿海仔」，我就注意聽。

不少人描述阿海仔飛啊、騰空駕浪，連我媽也說：「一定是神仙沒錯！」

「不可能。」爸爸說，阿海仔只是水性好，人又熱心，「他就是個人嘛。」

「難講喔。」得奎叔很懷疑。

我跑去海菜灘，喊完「大海王」不久，王海大笑嘻嘻從海中游上岸，我開口就問：「你是神仙還是人？」

「我是大海王。」他說得很清楚，卻沒告訴我：「王」，是人或是神呢？

「海底有千年大魚打架，是真的嗎？」

「船丁，魚會打架，海底也有大魚，不過，要海底大魚打架可不容易。」

我不死心，再問：「那，是千年大魚在海底打架，天氣才會變，我們那裡才被大浪打壞嗎？」

「當然不是。」王海大眼睛圓鼓鼓的：「那天是海龍王感冒打噴嚏，不是魚打架。」

我以為他隨便開玩笑，誰知王海大板著臉嘆氣：「我如果早一點發現，就不會這麼糟糕了！」

「記住，這是祕密，不能講。」王海大越說越神奇：「把海龍王的鬍鬚捧上來，遮住祂的鼻孔，噴嚏打出來就沒有力量，不會變天也不會造成災禍。」

「哈啾！」他說得我鼻子癢，彎身衝出一個噴嚏，聲音很大，氣不小，可是我腳下沙粒沒什麼飛動。

比起來，海龍王的噴嚏太可怕了！

8 海龍王送的禮物

阿財哥告訴我：「祖太和伯公都說是阿羅叔偷石筍去賣，祖先很生氣，才沒保佑我們。」

石筍洞被塌下的碎石壓蓋住，進不去了。

山下的廟前廣場礁石移位，小吃街的馬路斷成兩半。

海龍王的噴嚏也打壞了碼頭，舊漁港要整修很久，部落裡的大人想捕魚，都改從新碼頭那邊出海。

「管制多又繞很遠，真不方便。」爸爸和阿忠伯、阿義叔、永信伯他們，見面就嘆氣。

等到碼頭堤岸修好了，工地留下一堆廢棄雜物，旁邊小沙灘也被石塊佔去，想停竹筏曬漁網都不行。

為了早點使用舊港，部落裡的人全部出動，清理這些垃圾和石頭，連小孩也被叫去送茶水、撿石礫。

王海大也幫著扛石塊，挑啊搬啊，還會看位置查水流，告訴得奎叔：「這邊多放些石塊，可以改變海流，保護港岸。」又跟友利叔一同架好電線：「這樣，大家要用電就方便了。」

萬祥從碎石堆裡摸到一個大螺殼，像個寶塔，紅白色花紋一圈又一圈，很特別。王海大一看見立刻嘖嘖叫：「喂，這是龍宮貝。」

我們全都圍過去看，羨慕極了，每個人都起勁挖，希望也能找到寶。

大概海龍王那一個噴噓，把海底寶貝都翻出來了，阿財哥搬礁石塊，也意外看到一個特大的法螺，放在耳邊有海浪聲。

進富找到一個圓圓大大、很漂亮的螺。「哇，鸚鵡螺，跟龍宮貝一樣珍貴。」聽王海大這樣說，我們小孩更認真撿石頭。

大弟找到尖尖長長的貝殼，王海大說那是象牙貝；大胖找出一個，拿去問王海大是什麼名字。

「大枇杷螺。」王海大的回答讓我們哈哈笑，他可能在逗我們開心。

「唷，你撿這個值錢咧，要不要送我？」永信伯拿走萬祥手上大螺，萬祥急得「啊，啊」伸手追討，進富趕快把鸚鵡螺藏進衣服裡。

永信伯笑哈哈，把螺還給萬祥，繼續推獨輪車運走石塊。

我甚麼都沒挖到，心裡很著急。和爸爸沿著山崖搬一塊礁石，把它左右拼晃，頭上忽然「唰嘩啦」掉落沙土，我嚇得抱頭哇哇叫。

「喂，快跑哇。」王海大先衝過來拉著我，可是石壁「扣」「扣」在轉身，我們被卡住了。

沙石還在掉落，「大丁！」爸爸要救我，竟然把大塊石壁撐開，他力氣真大。

「別出去！」王海大一把拖住爸爸。

「砰」一聲大響，地面震了一下，好像有大石砸落。三個人擠在石壁縫，等到周圍安靜了，整片石壁坐定不再動，王海大才放開爸爸和我。

抬頭看，大石壁頂部一塊突起，卡在山崖凹口，留出的空隙變成通道，夠一個人進出。

轉身看，我們在一個洞裡，一片白色砂礫鋪在地上，厚厚一層，抓一把來看，「貝殼砂！」爸爸很驚訝：「全是白色的！」

更奇妙的是，白色沙灘被大塊石頭圍住了，頭上細細一條藍天，周圍石頭縫透進光來，整個洞很安靜，很神祕，很美。

「奇蹟呀！」爸爸的聲音有回音，這裡是不是海龍王的龍宮？

「喂」，王海大摸我的頭：「你撿到一座沙灘了！」

真的嗎？這麼美的沙灘，比萬祥、進富的龍宮貝、鸚鵡螺都還要大，還要珍貴咧！

「你看，那是一線天，還有接吻石。」王海大指著入口山壁又開玩笑：「海龍王送你們的大禮物。」

發現隱祕山洞和珍貴白沙灘後，整個部落人集合在公廟拜拜，感謝觀音媽保佑，讓海龍王送寶貝來。

「石筍洞已經被祖先收回去，這個海龍王的寶貝一定要留給咱們子孫，不能再糟蹋了。」祖太擲筊連續得到三杯，他抖著柺杖大聲宣布。

「我要去學演布袋戲。」我跟阿財哥說。

「為什麼？」阿財哥感到奇怪。

「神明看了布袋戲就保佑我們得到寶貝，學布袋戲很有用。」

阿財哥先哈哈笑，接著問我：「你不跟漁船出海抓魚嗎？」

「要啊，就在船上演給海龍王看，會抓到更多魚……」我很得意。

公廟拜拜完，大家都回去忙自己的，我和萬祥、大弟跑去沙灘尋找能做布袋戲偶的貝殼，忽然聽到叫喊聲：「海裡有人！」

我們停下來看，阿忠伯和輝叔、定吉伯正跳上港邊堤岸張望：「哇，糟糕！」「水母漂，還好。」「他怎樣了？是抽筋嗎？」「快救人！」阿財哥想衝下海，被得奎叔、友利叔抓住：「不行啦，太遠了，別冒險。」

仔細看，那個人抱著東西浮在海上直直漂向港岸來，竟然是永信伯！

「老先覺，你怎樣了？」得奎叔圈起手大喊。

一隻大海龜把永信伯載到靠近白沙灘洞的岸邊，慢慢爬上來。

阿財哥跳下水，先扶永信伯坐上石塊，再抱住大海龜推上岸，哇，那真是超級大的龜，有人身體那麼大，難怪載得動永信伯。

「多謝龜仙！」永信伯朝大海龜不停的拜，那隻龜趴在沙上對我們看，頭抬高高的，我正好看到牠的眼睛。

「你要住下來嗎？」我問，牠在沙灘上爬一圈，又慢吞吞下海游走了。

我很失望，玩著手上貝殼想：「大海龜，你再來嘛，我演戲給你看。」

「老先覺，發生什麼事？」阿輝叔和友利叔把永信伯抬上沙灘。

「唉，老了。」永信伯嘆氣：「我剛才去收網，腳底下突然空了，海底暗流很強，把我拖向外海，要喊都來不及。」

「我就說嘛。」阿義叔插嘴。舊港修好後他測過海流，白沙灘洞那裡暗流多，「應該放個明顯目標。」

「還好觀音媽保佑。」阿忠伯說得大家都點頭，陪著永信伯去公廟拜神明，想不到香爐裡冒出濃煙，一大把香腳全燒光了，神像後的廟牆被燻黑一大塊。

伯公趕快擲筊，請觀音媽指示，問來問去沒半杯，「大家多小心，沒事少出門。」伯公皺著眉頭這樣說。

9 石龜港的石龜

大海龜救人，太神奇了！我和大弟、萬祥興奮得見人就說，在海菜灘碰到王海大，也跟他嘰哩哇啦。

「大海龜是來找牠的伴。」王海大笑嘻嘻。

「又沒有，牠自己一個，又沒有伴！」大弟叫起來。

「走，帶你們去看。」

聽說還有大海龜，一些大人也跟來看。

爬上白沙灘洞的礁石堆，阿輝叔很奇怪：「海龜會爬這麼高嗎？」

「嘿，在那裡。」王海大伸手指。

我先看到，萬祥跟著喊：「真的欸。」

「那是石頭啦。」萬祥和我的叫嚷被定吉伯打斷。

往底下看，一塊大石頭坐在海邊礁石上，形狀像隻大海龜，頭抬高向海。

「是救命的龜仙！」永信伯一眼認出來，連忙合掌拜了幾拜。

「奇怪，哪時候有這塊石龜？」「可能是被海浪打來的。」阿全伯和阿忠伯說得很起勁。

「啊，這底下有暗流，石龜剛好做目標。」阿義叔又提起這件事。

「乾脆，咱們這裡叫龜石港吧，有神龜鎮守，一定能保佑大家平安。」阿全伯這麼說，得奎叔馬上想到：「剛剛觀音媽發爐一定是說這件好事。」

「再去問！」「再去擲筊問。」「走！」大人興沖沖往公廟去。

我問王海大：「這也是海龍王送的禮物嗎？」

他哈哈大笑：「海龍王派大海龜來看你的布袋戲！」

嗄，這種事情王海大怎麼知道？

給漁港取名字是很重要的事，大人們在公廟拜拜問神明，還擲筊請示，打算給舊港取個好名字。

媽媽跟著罔腰姆、春美嬸、月桃嬸、圓仔嬸到公廟旁空地，架爐灶作菜煮飯。今天部落要在公廟聚餐，我們一群小孩全被叫來，搬桌椅、擺碗筷、跑腿打雜。

聽說一大群人要一起吃飯，我們很期待，肚子餓得特別快。

「要不要請阿海仔？」我問媽媽，順便討一個炸丸子吃。

「要。」媽媽炸的菜丸最好吃，紅的綠的都香酥脆，可是二弟在她背上熱得哇哇哭。

「來，背他去旁邊玩。」媽媽將二弟綁在我背上。

背個哇哇哭的小孩實在很丟臉，「喂，喂，你別哭。」我學媽媽拍二弟屁股，走來走去，二弟慢慢安靜了，我乾脆走到白沙灘洞前去看石龜。

「喂，船丁。」王海大站在石龜上，他很久沒這樣叫我了，有別人在旁邊時他只會「喂喂」喊。

「大海王，等一下我們要請你吃飯！」我很高興，抬頭隔著石堆跟他說話。

「喔。」他笑一下，伸手把我和二弟抱上石堆。

扶著石龜身體，我小心站穩腳。它的頭前方有小小凹洞，像眼睛，可惜空空的，我把口袋裡演戲用的貝殼找出來，挑一個放進凹洞。

貝殼有點兒長，卡得很緊，映著太陽，光亮亮，像石龜張大眼珠看我。

「大石龜，你住下來，我演戲給你看。」我摸摸它。

「喂，等一等。」王海大伸手把貝殼遮住：「船丁，你給它裝眼珠，不怕它游走啊？」

「那只是貝殼。」我提醒王海大：「這是石龜，又不是真的龜。」

「噓，不能講。」王海大摀我的嘴：「石龜有了眼珠，開了光，它就有靈性，能自由活動，只是你看不見它跑掉了。」

「怎麼辦？牠不住這裡了？」我急得想拿下那顆貝殼。

「喂，別亂來欸。」王海大阻止我。

「我已經跟它交代過，要留下來，不可以跑，還要幫忙這裡的人。」王海大說得神祕兮兮：「不過，這是祕密，不能跟人講，而且，你要演戲給它看。」

一定，一定，我不停點頭。

拉著王海大來公廟，一路都是飯菜香，我肚子咕嚕咕嚕叫，以為很快就開飯，誰知大人們把王海大請進廟裡，飯菜擺在桌上，沒人敢坐下來動筷子。

「啊，不吃飯喔。」我很失望，明明很多人肚子都大聲喊餓，神明怎麼沒聽到？

「他們還在開會。」萬祥餓到蹲在地上。

「好啦好啦，叫做『石龜港』，這名字很響亮！」總算一群大人笑呵呵走出廟，拉開椅子坐下吃飯：「來，吃飯啦。」「阿海仔，做伙來呷。」

「阿海仔一進廟，主持擲筊的祖太立刻得到聖筊，連三杯，事情就解決了。」阿財哥夾一片烏魚子再扒一口飯：「還好阿海仔來，我們才能開動。」

部落裡的人都感謝王海大，他讓我們不餓肚子，又帶我們發現寶貝，尤其是那隻石龜神奇得不得了。

永信伯每次出海前，一定爬上石龜岬拜拜，只要石龜背上是乾的，淺白色，不管晴天或陰雨，就算海上有風浪，也能人船平安。但如果龜背潮濕，是暗黑色的，那千萬別出海。

「看到石龜反黑全身濕，那是警告，若還要出海，那絕對會遇上大風浪、壞天氣，絕對有危險，我試過三四次了，很靈！」永信伯到處告訴人。

半信半疑的阿義叔，故意挑個石龜一身濕的日子要出海，他不聽永信伯勸阻，還說：「太陽這麼大，昨夜月圓，星星滿天，石龜是被露水和大潮海浪打溼的，跟天氣沒關係啦。」

很多人這麼想，先後駕船出海，誰知還沒過中午就變天，浪高風大，機警的人趕快又回港，阿義叔的船被掃向鐵仙臺，撞爛了。

「真夭壽，險些沒命！」

「還是甭鐵齒，命比較重要！」

狼狽回到岸的人，七嘴八舌說情況，阿義叔也承認：「這石龜真靈，真正是來鎮守保護我們的。」

「石龜很靈驗！」爸爸說他遇到更神奇的事：從海上看，如果石龜低著頭，那一趟準定沒收穫，頂多捕到幾隻小魚蝦。

「但是如果石龜抬起頭……」

「會怎樣？」「能抓到魚？」我和大弟都忍不住問。

「會。」爸爸點頭又搖手：「一定會有大群的魚，不過，要找到龜眼看的方向才有。」

龜眼！我嚇一跳，那是我裝上去的！石龜會低頭、抬頭，還會看，真的是我為它點眼開光喔？

10 又是王海大

山下的廟要辦熱鬧了，慶祝王爺生日。

阿財哥很興奮，他參加高蹺隊，站在一人高的木架子上跑、跳、走。萬祥和進富兄弟、大胖也都去扮藝陣。

「我爸說，小孩子參加廟會表演能得到王爺保佑，比收驚還有用。」大胖這樣說。

進富、進發拜了王爺作契子，要趁這機會答謝王爺。

萬祥最得意，說他扮的是猴齊天孫悟空，「哼，山豬洞那些猴子，全是我的徒子徒孫！」

花車、藝陣、高蹺隊、大鼓陣、獅陣、龍陣、鼓吹隊，還有樣子古怪有趣的大神尪仔、七爺、八爺和八家將、宋江陣，長長隊伍走在街道上，媽媽說是「遶境出巡」。

廟前的花燈牌樓，左右兩邊是戲臺，分別演歌仔戲和布袋戲。我站在戲臺前看戲，但是眼睛才瞟一下布袋戲，立刻又隨「過火了」的叫喊聲轉移。

抱神像、抬神轎的人，光著腳踩過燒紅的炭火堆，喝喝嘩嘩衝啊，我仔細看，他們的腳好好的，一定是神明包住那些腳才會沒事，太神奇了。

山下人家都辦桌請客，大尾仔也請我們全家吃飯，爸爸媽媽又帶我和大弟去看王船。

放在金紙堆上的王船很漂亮，比爸爸的船還氣派，三根高高的竿子掛著張開的帆，神明的令旗插在竿頂。

「可以拿支神明的旗子回家嗎？」我問爸爸，那樣的三角旗，拿來演布袋戲一定更有派頭。

「等燒王船的時候我們去要一支。」

「燒喔！」我和大弟都嚇一跳：「把神明的船燒掉，王爺不會生氣嗎？」

「燒王船是請神明帶走惡運，壞運隨火去，好運乘風來。」熊熊大火和震耳鞭炮聲、飄飛的金紙、擠滿的人頭，還有熱烘烘的空氣，把爸爸的聲音變得忽大忽小。

連續三天的廟會，鞭炮聲、火藥味和鑼鼓吹的音樂，在我腦袋住了很久；燒王船的火光和香煙，天天出現在我頭殼裡。

熱鬧過後，部落裡商量：「石龜這麼靈，給它蓋一座廟，香火一定很盛。」

媽媽擔心要花不少錢，爸爸嘆口氣：「神靈的事，誰敢說『不』！」

可是，我聽到王海大跟大人說：「石龜哪需要廟！多花錢做什麼？」

「阿海仔不是咱在地人，何必聽他的！」他的話有人聽了不高興。

接著幾天，部落裡不少人出海後，發現下的網被弄破了，網繩在海裡無緣無故斷了，很多人立刻就想：「恐怕是石龜顯靈，要蓋廟！」

「千萬別把石龜關在廟裡。」王海大仍舊大聲反對，連阿忠伯要放個香爐在石龜身前，他也阻止：「用不著啦。」

「唉，你管太多了！」「你不懂啦。」大人跟他在公廟前嘀咕、嘮叨。

「大海就是石龜的廟，何必再蓋廟給它住。」

有人大聲問：「既然大海是石龜的廟，那是它咬壞東西的嘍？」

「不會啦，石龜是來保護這裡的，怎麼會破壞漁網？」

「那為什麼漁網和繩子會壞掉？」

「欸，好，我……去查查看。」王海大沒話說了，走向沙灘。

我追上他：「你不喜歡廟會嗎？」我問王海大。石龜有座廟，以後就會為它辦熱鬧，這樣很好啊！

「船丁，別弄錯了。」王海大的聲音低低沉沉：「石龜是大海的，它不需要廟，不需要香火、鞭炮和熱鬧，它只要吹海風、泡海水，看海、聽海、聞海的味道。」

王海大像海浪的音調，讓我以為是石龜開口，說它只需要海。潛入水，王海大兩三下就游不見了，我走回家，想找大弟去山上探險。

海龍王打噴嚏後，原先的山豬隧道裂出一條很大的溝，在這裡鑽爬找路是我們的新遊戲，可惜大弟不在家，我只好去找大胖。

「會不會有山豬跑出來？」大胖問我。

我也怕這個，可是探險就是要這樣才好玩啊！

山溝很寬，彎彎折折一路往下，有四腳蛇，把大胖嚇得哇哇叫，接著我也被忽然飛出來的蝙蝠嚇到。

「恐怖喔。」大胖抓著我的手說，一隻果子狸從我們頭上跳過去時，他又尖叫一聲。

繞過去後，山溝變窄了，有時要小心側著身走，大胖嚷著要回去。

「不會有山豬啦。」我安慰他，這麼窄的路，山豬不可能躲。

「不是啦，我擠不進去……」大胖丟下我，真的走回頭。

好吧，我自己去。勉強又轉過一個彎，沒有路了，只能直接爬下山壁。幸好山破出許多坑疤，手和腳都有可以抓可以踏的洞口，爬四五步後，我下到一塊寬大的平臺。

這是哪裡？

有張漁網堆在地上，一隻伯勞卡在網目裡噗噗跳。

我想放走鳥，腳踩上網子卻「撲通」掉下，整個人泡在水裡溼答答，伯勞飛走了。

驚慌的撥開網子，底下竟然是個大水漥！天然的石坑，山壁有水不斷流進來。

滿滿的水又清又涼，好喝，不是海水！我抬手踢腳還可以前進轉彎，好像大尾仔養在店裡水缸的魚那樣。

哎呀，如果大弟、大胖、萬祥、進富、進發都一起來，就更開心好玩啦，想不到部落裡藏著這麼奇妙的地方，還被我探險找到了……

「喂，你真會享受，跑來這裡泡澡。」熟悉的聲音把我嚇住，又是王海大！

「這是澡盆喔？」誰的澡盆這麼大？

「嘿，當然，從海裡游泳完再來這裡洗澡，舒服欸。」王海大拉我出水窪。

「你從哪裡來的？撞破皮了！」他一邊問一邊拿漁網蓋住

水池。

「哪有？」我低頭找伸手摸，膝蓋下後背上有血，可能爬山溝或是跌下水窪時擦破的。

「走吧，我送你回去。」王海大帶頭爬下平臺，鑽在礁石縫慢慢走。

「大海王，你怎麼知道有這個澡盆？」

「海龍王告訴我的。」他又開玩笑了：「要送給船丁的禮物。」

「我可以跟人說嗎？」

「當然可以，而且要說是『船丁的澡盆』，哈哈！」

喔唷，那不是太臭屁了嗎？

11 女王的燭光大廳

「丁一，走，去看打鼓！」萬祥跑來邀我，進富兄弟也跟著，他們要去山下王爺廟。

我沒跟去，看人家敲鼓槌，不如自己玩手指耍戲偶。

每天我都找時間去石龜岬，演布袋戲給石龜看，這是我答應王海大的，不過王海大說石龜只喜歡海，那麼它要看的戲也不能離開海啦。

右手演船丁，左手扮大嘴巴怪，食指套個貝殼做頭，中指和大拇指當手，我把練習很多遍的幾句話演出來。

「船丁去跑船，跳上岸又跳下船，趕著海裡的魚：『快游！快游！』一隻大嘴巴怪要來吃魚，船丁和大嘴巴怪打架，讓魚可以游進礁石洞躲起來……」

「蹦」「咻」「砰」「唰唰」「喝」「哇」「呃」，說故事還要配上聲音效果，好忙啊。

接下來，左手包住右手：「大嘴巴怪把大口一張，咬住船丁……」

演到這裡，該安排「吐劍光」了。

「『咻——蹦！』，船丁掙脫大嘴巴怪，施展頭彈神功，準備打昏大嘴巴怪……」

我抽出右手，食指用力甩，把貝殼射向左手。

「喂，誰打我？」有個聲音在底下喊，我忙趴在礁石往下望。

糟糕，神功失靈，我左手沒接住，貝殼打到岬灣礁石下一個人頭，是王海大，他怎麼在那裡？

「大海王，對不起啦。」

知道是我，王海大笑哈哈問：「你在演布袋戲、練武功嗎？」傻傻點個頭，我問他：「你去鋪柏油喔？」他手腳都是黑漆，應該是在幫忙修補馬路。

王海大動動肩膀扭扭腰：「外海有船漏油，我想辦法把船底漏洞堵住。」

「油會漂來這裡嗎？」

「沒那麼嚴重，他們會把船開進大港整修，我再去看看。」

王海大又下海去了，我有點失望，他還沒看過我演的布袋戲哩。

「喂，船丁，要游泳嗎？」王海大突然冒出來時，我還在演戲，兩手分開，戲也結束了。

「好，等我。」直接從石龜岬入海很危險，這邊暗流漩渦很多，我習慣跑向海菜灘。

「喂，船丁，我先去龍蝦洞等你。」王海大喊完就潛入水。

游去龍蝦洞一點也不難，可是我碰到奇怪的事：有幾隻秋姑仔魚游在我旁邊，牠們發出聲音互相說話。

起先，我以為自己還沒忘掉廟會熱鬧的聲響，仔細再聽，又去看那些魚，沒弄錯，我確定是牠們在說話，至少那些奇怪的「唏咻嘰吱」聲音，真的是魚發出來的。

「大海王，魚會說話嗎？」見到王海大，我急著問。秋姑仔魚沒到龍蝦洞來，要不然王海大也許能知道牠們要做什麼？

「魚當然會說話。」王海大哈哈笑，把臉又泡進海水，隔了一會兒才抬起來：「魚說附近有美景，要趕快去看。」

「真的？」我瞪著王海大：「秋姑仔魚又來了嗎？你悶水就能聽到魚說話？」還有咧，他怎麼能聽懂魚的話？

「不是秋姑仔魚，有一群青鱗剛游過去。來吧，我背你去看美景。」

「咦，不游泳嗎？」

「要，但是你游不到那裡，趴我背上，我載你。」

就像送大魚出海時，騎在魚身上那樣，我跨到王海大背上，雙手環抱他的脖子。

「喂，船丁，抓這個。」王海大把兩條繩子從他胸前、肩膀到背後，繞了幾圈綁好固定住，教我抓著繩子。

「抓緊沒？出發了。」

他載我沉入海底，看各種沒見過的魚游在身邊，海底是藍藍綠綠的光，但是珊瑚和魚的顏色很鮮豔，花花亮亮，比海水浴場的那些遮陽傘還多彩。

王海大游進一片漆黑裡，我甚麼也看不到。

「這裡有甚麼？」

剛要問，周圍忽然又亮了，出現一個美麗的女人，頭髮梳得高高尖尖，脖子很長。她身前放著很多矮胖蠟燭，燭芯圓圓一顆，蠟燭又圍著許多塊海綿蛋糕，像媽媽買來拜拜的那種。

她要拜拜嗎？

「船丁，這裡是女王的燭光大廳。」王海大游向那個女人，我猜是要打招呼，不料他伸手拿蛋糕。

可以吃喔？

我也伸手，可是那些東西硬梆梆，全是石頭，連女王也是個石頭！

附近還有一板切畫得方方整整的大豆腐，應該是石頭，哪知道王海大從豆腐裡抓出一條奇怪的魚，我嚇了好大一跳。

女王也會煮豆腐魚湯嗎？

有腳，能在地上爬走的魚，頭到尾比我身高還長，被王海大揪著尾巴倒退走出來，不停扭動身體，呵，那大豆腐立刻扁塌了。

這大怪魚瞪眼鼓嘴，又發出聲音「噢噢啵啵」，像在罵豆腐塊沒把牠藏好。

王海大放開手，怪魚慢吞吞爬回豆腐底下。看牠真的是用肚子下的腳走路，我驚訝到沒法眨眼睛王海大趴在豆腐上面說話：「牠罵：『人沒有感謝魚。』」

「什麼？」想問的話沒說完，鼻子嘴巴都進了水，嗆咳間，王海大迅速游出海面，回到龍蝦洞。

我迷迷糊糊的，只覺得有魚貼在我臉上，不停吐氣泡灌進我鼻子……

「喂，船丁，好點沒？」一雙大手在背上拍，我吐出水，大大吸氣，又咳起來，胸口有點兒喘。

「好……好……好了。」趴在王海大的腿上，我看到他腳板一撮海草，腦筋醒了：「那隻怪魚……」

「就是牠咬破漁網，牠要救小魚仔。」王海大讓我坐正。

「牠說什麼？」我記得魚在跟他說話。

確定我完全沒事了，王海大才又繼續說：「魚說用細目的網捕魚，大小都抓是不行的。」

「小魚仔不能抓嗎？」

「當然不行。」王海大板著臉：「抓走小魚仔，海裡很快就沒有魚了。」

海裡沒有魚？那……石頭呢？

「大海王，剛才那些是真的嗎？」

「你說女王的大廳嗎？當然是真的，不過……」

「祕密！對吧？」不只是美景，包括魚會說話、走路的怪魚，還有我沉入海底，通通都是祕密。這次的祕密太大了，不必王海大交代，我也知道不能講。

12 白色手斧

萬祥和大弟到石龜岬看我演布袋戲，這回「吐劍光」很成功，大弟笑哈哈，要我再來一遍。

突然有叫聲插進來：「喂，快來看，抓到一隻怪魚了！」

「抓一輩子魚，不認識有這種的！」

永信伯和文傑哥父子大聲喊，他們的船進了石龜港，還沒靠岸已經有人圍過去。

「怪魚？」「死的還是活的？」萬祥和大弟急忙跑下岬灣。

「等一下再來跟你玩。」我摸摸石龜，跟著跑去看怪魚。

「小心，牠牙齒很利。」永信伯攔住伸手要摸的阿義叔。

「文傑啊，推過來一點啦，我們才看得到。」圓仔嬸跟罔市阿嬤招手嚷。女人不能上漁船，她們站在岸邊又看不清楚。

箱子移到船邊，我擠在大人身旁也看到了，是長長圓圓、像蛇的魚。

文傑哥很興奮：「真奇怪，明明石龜低著頭，可是眼睛一直看我們。我爸說下網試試，居然抓到這隻怪魚。你們看，眼睛鼻子和嘴，就像人的臉，還穿鐵甲硬梆梆，夠奇怪吧……」

身體有點像海鰻，又不是帶魚……

大人們還在研究，王海大來了，腳一跨跳上船，趴在箱子旁耳朵就貼上去。

「阿海仔，你在做什麼？」大家都莫名奇妙。

看王海大撮尖了嘴，可能是在跟魚說話。

「這能賣嗎？」「不小隻咧，是深海的吧！」「也不知能不能吃？」

旁邊吵吵嚷嚷的，王海大突然抬頭問：「能送我嗎？」

永信伯愣一下：「你知道這是什麼魚？」

大家也好奇，如果是寶貝，那值很多錢，白白送人就太傻了！

「我研究魚，知道牠都在海底，不太會游上來，可是我不知道牠好不好吃！」

大家都笑起來，王海大這句話很誠實。

「最好是放了，讓牠回海底去。」王海大又說。

永信伯很猶豫：「抓到這種罕見的魚，也不知道是好運或衰運？」他嘆口氣抓抓頭。

「阿海仔，你要這隻魚做什麼？」阿西伯公開口問。

「我要帶牠回海底，免得再被抓到。」王海大答得很快。

「那直接放生就好，何必麻煩呢？」定吉伯的話有道理，永信伯一聽，真的就抬箱子把魚倒入海。

怪魚入水後游向石龜岬灣，王海大跳上岸，走往海菜灘，我追過去喊：「你不去帶牠嗎？」怪魚如果卡在礁石暗流怎麼辦？

王海大沒說話，繼續走了一段路，看看只有我跟著，才告訴我：「喂，船丁，我要離開這裡了。」

「為什麼？」我嚇一跳。

「欸，這是祕密，那隻魚送信來。」

又是祕密！

「海底變了樣。」王海大沒理我，只管講下去：「有一群鯨魚迷了路，我要去找到牠們。」

「怪魚是來找你的？」我沒猜錯，王海大跟魚說過話。

「不是，牠自己也迷路了。」王海大停住腳，要我等他一下，自己跑向鐵仙臺。

「這個給你做紀念。」王海大很快就回來，遞給我一支巴掌大的白色手斧。

這種東西我看過，爸爸啃魚頭時會出現這種魚骨，不過都沒這個大。

「還有，記住大海王，記住我送你的祕密。」

我點點頭：「你要多久才會回來？」

王海大笑嘻嘻：「等你開始執行任務，隨時都可能見到我。」

這話很奇怪，不像是回答。

「喂，船丁，你要盡力幫助大海，讓大家知道海的美麗和珍貴。這是大海王給你的任務。」

喔，他像在演電影，我忍不住笑：「是，遵命！」

「用這個在石龜身上敲打三下，耳朵貼到石龜嘴邊，牠會告訴你一個祕密。你只能一個人聽，而且就只能聽一次。」王海大拿著白色手斧比畫給我看，神祕兮兮的，真好玩。

「好！」睜大眼睛，我不停點頭，幾乎忘了他要離開這件事。

看著王海大游向龍蝦洞，我注意到他旁邊有條黑線，是那隻怪魚！他們約好了嗎？

為了找沒有人在附近的時候去聽石龜說話，我等很久，真想把石龜搬去龍蝦洞。

一個中午，石龜岬上沒有人，我拿出手斧在龜背上輕輕碰三下，再把耳朵貼到石龜嘴上，又閉起眼睛注意聽，想要牢牢記住祕密，竟然忘了看石龜是怎麼說話的。

「你好，歡迎聽我說故事。」

低低啞啞的聲音，有點像海水衝進礁石的叫喊，我閉緊眼睛，怕漏掉哪一句話或哪一個字。

「海裡有許多不同的魚群，牠們被人捕捉後，如果能夠再回到海中，那麼在海中死亡後的牠們，將有機會靈魂轉生陸地，成為人類，那就是海靈族。」

抱著石龜的頭，出現在我耳朵裡的，好像是海風「咻咻」，又似乎是海浪「轟轟」的聲音。

「海靈族人仍舊屬於大海，他們對海有天生的親切感，很快就能學會游泳潛水，還可以在海裡停留，更能聽懂海中生物的說話。」

我一定是睡著了，居然聽見王海大正在跟我說話！

「……尋找海靈族人，喚醒他們回到大海，去幫助海中生命，避開人類貪心造成的傷害毀滅。」

我實在不怎麼明白意思，王海大說的話一向很難懂。

「你就是海靈族，注定要為大海四處流浪，聽到這個祕密後不要害怕，大海故鄉等你回去關心愛護。」

這故事又長又囉唆，一點也不有趣。

「靈魂轉生」是東西嗎？「尋找海靈族」那一大段更是莫名奇妙，我只喜歡最後那一首歌：

海靈啊，為大海四處流浪，跟著風，跟著海潮，跟著船和人。

海靈啊，四處流浪時，別忘了你還有家，你的家是大海。

聽著聽著，我好像浮在海上，又好像飛在天上，好像是魚，又好像是鳥，還是風……

「是你唱的嗎？」

當說話聲、歌聲都停止，我問石龜，請牠再唱一遍，但什麼聲響也沒有，拿白色手斧敲碰撫摩都沒反應，王海大沒騙我，石龜說的祕密只能聽一遍。

收好手斧，我把「海靈族」三個字也收進腦子。

13 祕密不再是祕密

收到手斧禮物後，我再沒遇見王海大。

每次到海菜灘，我都感覺他就在海裡游泳，只是沒出來和我見面。

「你們有看到阿海仔沒？」偶爾，我也問。

平常在山上、海邊到處鑽、整天玩的囝仔，最有可能遇見阿海仔，可是，萬祥、進富兄弟、大胖都說：「沒有。」

很長很長的日子後，漸漸有人問：「阿海仔呢？」那個手大腳大，水性很好又整天笑嘻嘻，熱心的外地人，很久沒看到了。

很高興還有人想起王海大。

石龜港、石龜岬幾乎隨時都有船有釣客，石龜洞也出名了，很多人特地來看洞裡的白色沙灘，還會偷偷帶走純白貝殼砂。

部落派人守在洞口檢查，遊客進洞時要空手，出來時要掏翻口袋。

這樣做麻煩很多，頭一天友利叔就被一堆人吼：「憑什麼？你們又不是警察！」「騙肖仔，這是政府規定的嗎？」

好脾氣的阿全伯很耐心的一再解釋，照樣被人罵：「喂，現在是沒政府了唷？你們想怎樣就怎樣！」

天天都聽到洞口傳出理論吵架聲，吵歸吵，大人還是堅持要遊客配合檢查。

一天早上我們在石龜岬撿貝殼，突然聽到大叫：「小偷！」

「還來！」

是大弟在公廟那邊叫嚷，我和進富兄弟趕快跑過去：「怎樣啊？」

「他偷貝殼砂！」大弟揪緊一個人的黃色衣襬，臉紅通通。

「猴囝仔，閃啦！」那個人很兇，把我們推倒地上，立刻跑掉了。

「他把貝殼砂藏在鞋子裡……」大弟爬起來跳腳。

仔細看，地上是有白色沙粒，真氣人，海龍王送我們的寶貝這樣被偷了。

跑貨船的阿福大哥回部落休假，聊天時告訴我們很多趣事，說他看過特技人，不需要板子就能在海上玩衝浪，又說了國外有颶風，發作時會吹壞城鎮港口。

我想起王海大，光腳站在水浪上像八仙過海，阿福大哥會是看到他嗎？

我也想起王海大送我的祕密：海龍王打噴嚏，啊，誰能幫忙捧起海龍王的鬍鬚遮住祂鼻孔呢？

「我們的部落真美，景點多又迷人。」阿福大哥很稱讚「白沙坪」，嘖嘖嘖說：「純白的貝殼砂，沒攙半點兒雜的，不得了，超優的！」

聽說是海龍王送來的，阿福大哥很驚訝，問了經過以後居然猜：「是幽浮搞的鬼！」

「幽浮」，那是飛碟嗎？阿福哥哈哈笑，欸，他逗我們的。

聽阿福大哥說話很有趣，我們經常被逗得哇呀叫，很平常的事被他一說都會驚天動地，有時候我偷偷把他當成王海大。

「喂，丁一，鐵仙臺下有個大山洞欸！」大胖對我哇哇叫。

我心裡砰砰跳：「怎麼會？」怎麼會有人去找到那裡？

「是我大哥說的。」阿財哥也很興奮：「那是一片『月光海』！」

原來，阿福大哥閒不住，山上海灘港口到處看，提出一個點子：「我們這邊的月光海如果好好宣傳，一定會發觀光財。」月光海這名字聽起來就很美，可是哪裡有？大家跟著他划船出海去看，才知道鐵仙臺下有個大窟窿。

「喔」，我傻傻的聽：「為什麼叫『月光海』？」

阿財哥很得意：「嘿，那要晚上，從船丁的澡盆那裡看就知道了。」

吃了晚飯跟著大家去看，果然是。月光斜斜照進那個洞，水面有一大部分特別白、特別亮，像水底下有寶鏡發出神光，實在很美。

「可能有神仙住在裡面！」萬祥這麼猜。

「通——」大弟丟一顆石頭過去，亮光稍微晃動，鏡子差點破了。

「吼！」我很緊張，推他：「你做什麼？」

「我許了一個願。」大弟吐舌頭，沒回手。

「丟錢才有效啦。」萬祥掏口袋，可惜我們身上都沒有錢。

阿財哥恍然大悟：原來，祖先交代不能看不能指的平臺怪石，是為了保護這個奇妙的仙洞！「真的有靈性。」

公開後的仙洞仍然是我心裡的祕密，沒有人知道它曾經是王海大的家。船屋已經不見，我猜，大海王駕著船屋，正在另一處月光海裡休息。

龍蝦洞不久也被阿福大哥發現，但他喊作「碉堡洞」，這個名字跟「飛碟丘」一樣時髦，很快就被大家叫熟了。

祕密接連被發現，王海大送我的禮物不能再獨享，那沒關係，我記得王海大說過：時候到了，有些祕密自然會被別的人知道。可是我忍不住潛游去龍蝦洞，警告那裡的龍蝦：「這邊危險，不能住了，去別地方……」

牠們有沒有聽懂呢？也許我應該找到安全的地方，帶牠們搬家才有用。

伸進外海的碉堡洞，不怕洶湧大浪把人捲走，水下凹洞裡魚群又多，比石龜岬、海菜灘更適合下竿，釣客很快便轉移陣地去那裡守候。

石龜港多了叫船出海的人群，部落海邊成為出名的釣場和景點，新潮的阿福大哥還想把白沙坪改個名：「換個美麗浪漫的名字，一定會吸引更多人來。」

唉呀，他不知道我們被遊客吼罵的困擾，也沒想過保護珍貴貝殼砂會有多麻煩，而且，真正賺到錢的是山下小吃街，觀光客玩累了一定要吃要喝，但是月光海、白沙坪、碉堡洞都不收門票，更多的人來這裡，只會讓部落多出一大堆垃圾！

「添福仔，你還是想一套辦法，讓部落好管理又能賺觀光財，這才實際。」阿西伯公潑他冷水。

結束休假又離開部落的阿福大哥，揮手時開玩笑說：「流浪的人，要去流浪的船上，守著一堆流浪的東西啦。」

我們都沒弄清楚他去了哪些地方，「流浪」，大概就是這種

「不知到底是什麼」的感覺吧。

「跟著船到處看風景，很好玩啊。」進富兄弟和大胖很羨慕阿福大哥跑船的生活。

「我不會去流浪。」萬祥很肯定：「我爸說，讀書比較有前途，叫我以後不要去跑船或捕魚。」

捕魚也是流浪嗎？

14 大海是最好的學校

我們都上學了，萬祥功課很好，經常拿獎狀，阿義叔很驕傲，到處跟人說這兒子要好好栽培，不只以後不讓他做討海人，還打算搬去大城市給他找好學校。

進富、進發和我同一班，雙胞胎兄弟在學校很出風頭，所有老師小朋友都認得他們。

入學不久，同學玩起「吹牛」，每個都誇自己有本事。

「山羌很怕我，因為我會把牠抓來當馬騎。」

「我抓過松鼠，尾巴被我拉住，牠就在樹上盪秋千。」

「白鼻心和鼬獾打架，兩個都輸我，因為我帶蛇去咬牠們。」

「那有甚麼，老鷹帶我去天上飛……」哼，大家都不信。

「老鷹只會把你摔死。」一進富說得老師也忍不住笑。

我常跑去大胖班上玩寄居蟹賽跑，地上畫條線做起點，遠處畫個圓圈，先進圓圈的就贏。扛著殼的寄居蟹滿地亂走，碰一下就縮進殼不走了，看主人急得哇哇叫時最好笑。

很多人跟大胖要寄居蟹玩，如果不給就要捉弄他，大胖只好每天都去沙灘上找，他因此不喜歡上學，雖然變瘦也變高，可是膽子沒變大，怕老師兇又怕同學欺負，進富兄弟經常打抱不平，替他去教訓那些索討寄居蟹或玩具的同學。

學校實在沒有海邊好玩，不過我乖乖上學。媽媽每次翻我的作業就嘆氣，她怪爸爸：「什麼不好叫，偏偏叫他大丁，叫得他字都寫不好，天天得『丁』！」

爸爸不在乎：「要是我做老師，每個都給『丁』，好寫啊。」

「告訴你，會做事會過生活最重要，字寫不漂亮沒關係，寫清楚就好，萬一把魚寫成鳥，把鳥寫成馬，那才會糟糕，海裡天上和地面，差太多了。」

爸爸先把媽媽逗笑了，才摸摸我的頭，認真跟我說：「大丁啊，好好學點本事，以後才能快樂過日子。」

「好。」大聲回答爸爸，我很開心，「快樂過日子」應該不太難。

其實我的手指頭很靈活，不只會幫忙曬魚蝦、做菜乾、摺衣服、撿柴火，也會拿針線縫釦子，為什麼握住鉛筆就寫不好直豎橫畫呢？我腦子只有海水翻捲和魚蝦活跳的姿態，還有演布袋戲的動作，也許是我把每個字都想成這些東西了！

讀到小學三年級時，阿義叔把船賣給永信伯，全家搬去臺北。

「我要去讀最好的學校。」萬祥坐上車時跟我們揮手，很得意。

最好的學校？應該是大海才對吧！

爸爸說過：「大海裡硬的軟的全是學問。」海邊的石頭浪花，海裡的魚蝦珊瑚蟹貝，要認要記的，我一個腦袋也裝不完。

想想看，大海裡有那麼多我不知道的事情，魚群、人和船都能在海中玩耍，它還有很大的力量能改變石頭，改變山跟陸地；神祕、友善、寬廣的大海，光只看海浪變化就讓我好奇不已，它才是最好的學校！

天氣好的時候，我每天游去龍蝦洞，潛水、捉魚蝦，那裡礁石多，水又深，很容易就抓到大龍蝦，不過，我都把牠們放了。

有些釣客愛亂丟垃圾，遇到他們，我會潛到海裡把魚群趕到別處：「走開，走開，小心被抓了。」故意讓那些人釣不到魚。

一天，礁石底下有隻大白毛魚吃到釣餌，被釣線扯得不斷流血，我趕快幫牠解開釣鉤。

白毛魚躲入礁石下後，我急著游出水面換氣，正巧被阿全伯看見。他載客人要去碉堡洞釣魚，沒想到我像條魚一樣冒出來！

「大丁會潛水！」爸爸媽媽很驚訝，問我怎麼學會的？

怎麼會潛水的呢？我自己也弄不清楚，自從王海大帶我去過海底，海水在我身體進出，又被王海大的手掌拍過背，我就能輕鬆閉氣，到海底待一陣子。

「我跟大海王學的。」

「什麼大海王？小孩子別說謊。」媽媽以為我不肯說實話，準備找棍子。

「大丁啊，人都有名字，大海王叫什麼名字？長什麼樣子？」爸爸口氣很溫和，伸手擋住媽媽舉高的樹枝。

「就是你們叫他『阿海仔』的那個人啊。」我沒有說謊，但「王海大」這名字是禮物也是祕密，我不想說。

「哈哈，好，不錯……」爸爸又逗媽媽：「你看，這孩子多有能耐，等他小學畢業，我的船就可以交給他啦！」

丟開樹枝，媽媽好氣又好笑：「你別亂來，小學畢業能做什麼？」

這話我可不服氣。我已經有爸爸高，手掌腳板都很大，可以拉網繩、能潛游抓魚，等到小學畢業，力氣一定更大，要駕船應該沒問題，我真的期待快點畢業，跟爸爸到大海上生活。

至少，我在大海裡可以學到更多本事吧！

到石龜岬跟石龜聊天、演戲時，我看著石龜眼珠告訴牠：「一定的，我還要學跟海水說話。」

王海大教我打水漂時說過：「要讓海水聽話。」我早就能讓石頭轉彎跳舞，但是海水有沒有說我「厲害，進步了」呢？我還沒聽出來。

五年級校外教學去野柳，看見「女王頭」時，我的身體發麻，眼睛一下子熱了。

「她」是真的！

王海大沒騙我，「女王的燭光大廳」是真的！

除了女王頭，還有蠟燭、蛋糕、豆腐，甚至還有薑！可是，它們在陸地上，在光亮的空氣裡，不是那片幽藍綠光的海水。而且，它們分得很散，我只能拿望遠鏡看，不像在海底，我親手摸到了那硬邦邦的石頭！

海底的美景是王海大送我的禮物，神祕奇幻卻又真實。我長大了，可以分辨真與假，現實和虛幻，實際跟想像；我也知道，故事不一定是真實事情。只有王海大這個人和他送我的祕密，始終讓我迷惑，他們是如此真切又不可思議。

現在，我明白了：他真的沒騙我！這個年紀大我很多的好朋友，笑嘻嘻、開玩笑一般，說是送我祕密，原來是帶我進入大海的世界，讓我開心快樂的學本事。

15 再見，我的童年，我的海

看過野柳的海岸石雕後，我開始回想王海大說的話。

「海龍王打噴嚏時」，他一邊說一邊比：「海裡的魚早早都避開了，別看海龍王噴出的氣細細一條，『嗤——』推得很遠很長，海底被推出一大團滾浪，直直衝向你們那裡，遇到山石就『轟』上天……」

我也重新記起石龜說故事和「海靈族」的事。

不知道王海大用什麼方法讓石龜說故事，而且還要先用手斧敲三下，就像電影裡面開啟寶藏那樣，真有意思！說不定，我聽到的故事和歌聲又藏著什麼祕密，等我再見到他時，最好先問個清楚。

王海大實在是很好的朋友！以前，我常跟他去龍蝦洞，他就是從那裡帶我進入更大的海……

呆呆想著，轉身看向山壁，有一個黑影從山壁跳下，入海。

「喂，船丁。」空中傳來熟悉親切的呼喚，我再回頭看大海，寬闊水面上很多光點在跳。

「以後長大，我要像魚一樣在海中游，像鳥一樣在空中飛。」想起跟王海大說過的這兩個心願，我低頭握緊手斧，那上面，溼溼的……

王海大應該就是海靈族的王！他是人嗎？還是神仙？

「石龜，大海王是神仙嗎？」坐在石龜岬，我把野柳看到「女王的燭光大廳」這件事想了又想。

「海底一定還有長腳走路的怪魚！」我看著石龜說。

石龜的貝殼眼珠上有水，海浪打到牠嗎？怎麼太陽曬、海風吹都沒乾呢？順手幫牠擦抹一下，奇怪，就是擦不乾。

「你也想念大海王喔？」我仍然相信，石龜是聽了王海大的話才留在這裡。拍拍石龜，我望著岬灣礁石和大海發楞。

「你想去流浪嗎？」海風和浪潮好像這樣問。

流浪？會是從我有一條船開始吧！

小學畢業前，部落裡起了大變化。

海面一直升高，先是碉堡洞的礁石一塊一塊被海水淹沒，釣客沒有落腳的地方，又漸漸回到海菜灘和石龜岬來。

接著，牛屎石躲入水中，海蝕仙洞都是水，船進不去，月光海消失了。

再來，海水浴場的沙灘也被大海沒收了，遊客不能來衝浪、游泳、玩風帆，遊玩的人潮一下子少了許多。

賺不到觀光財還不是大問題，我們部落原本就不是給人參觀的，海水變化才是重點。

「怎麼辦？萬一水繼續漲高，石龜港恐怕也會被海吞吃了！」大人們早早就擔心，還懷疑是石龜流眼淚造成海平面升高。

「真糟咧，石龜一直流眼淚，是要出什麼禍事啊？」走過公廟，大人們高聲議論：「石龜真靈驗，可能是我們拜得不夠虔誠。」

「應該起一間廟來鎮住大海。」有人又提起要給石龜蓋座廟，我知道這不是好辦法。

「石龜，你是屬於大海的，你想回大海，對不對？」摸撫石龜身體，我演完布袋戲，了解的問牠。

擦不乾的眼珠摸起來還是潮濕，我忽然聽到，不，是記起那首歌：「……為大海四處流浪，跟著風，跟著海潮……別忘了你還有家，你的家是大海。」能哼唱的只剩這幾句，我努力唱得好聽些，想給石龜一點祝福。

海水又淹沒石龜岬灣的礁石，漸漸漫上石龜港堤岸，專家來一批又換一批，說的話一點幫助也沒有：「沒辦法啦。」「氣候變遷造成的。」「這是大自然反撲。」「只能遷村……」海面會升到多高？他們也不敢預測。

月光下的海面很平靜，可是部落每戶人家都亂了生活步調。釣客、觀光客變少後，山腳下近海邊的住戶也開始搬遷，王爺廟和公廟的王爺、觀音媽，都被請出來另外找地方住了，何況是人呢！

大尾仔告訴爸爸，他在新碼頭附近租了一個小攤位：「租金很貴，還是要加減賺。」

爸爸和永信伯、友利叔、得奎叔這群夥伴的漁船，又改從新港口出入，遠了一點但也沒辦法，不過住家沒有動，「我們這裡地勢高，不會有問題。」爸爸安慰媽媽和我跟大弟二弟。

等待上國中的暑假裡，石龜終於回到大海，石龜港完全淹沒，石龜洞只露出頂上石壁，阿福大哥口中那「超優」「五星級」的純白貝殼砂，沒人想到要帶出來，全部歸還大海了。飛碟丘成為海面上一塊小石頭，「船丁的澡盆」現在是魚蝦的天堂，退潮時偶然能看見灘地上露出一個池塘。

海水升高後，海邊處處是危險的溝洞漩渦，連帶山上的岩隙捷徑也多數封閉不通，唯一的好處是，出門站到路邊，海就在腳下方，沙灘完全被淹沒，我們住在懸崖上，開門見山也見海。

海水停止漲高，我進了國中，新的礁石灘還沒形成。會再有新的沙灘嗎？每天踩著腳踏車上下學，眼光落在海上，我默默想著。

心裡很浮躁，想要有甚麼改變。

一天清早，我出門後把腳踏車藏在路邊凹洞，攀下懸崖跳水入海，身體浸入清涼海水中，「哇噢」，我開心怪叫，腦子裡立刻清楚了：「這裡才是我的學校。」

大海王給我的任務是「幫助大海」，我得先到海上生活，讀大海這間學校的課程。

小心避開漩渦暗流，我慢慢游，一邊想著自己的未來。

爸爸已經讓我利用假日跟他出海捕魚，學習船上的事務，不久我將會有一條船，這正是我想要的。

海龍王會再送來什麼樣的驚喜呢？泡在海裡，我努力尋找。

大海藏著很多祕密，其中，王海大送給我十個做禮物，我很高興自己收藏得很好。對了，那首「海靈的呼喚」我已經完全記起來，並且等待當個海靈族，跟著風跟著海潮，跟著船和人，到大海流浪去……

「大海王！」圈起手，朝大海深處呼喊，風和浪把聲音吹得很遠，王海大一定會聽得到。

「喂，船丁！」熟悉的招呼從潮聲中傳來，是大海王，在大海的某處向我招呼！

兒童文學41　PG1709

大海王的10個祕密

作者／林加春
責任編輯／徐佑驊
圖文排版／周政緯
封面設計／蔡瑋筠
出版策劃／秀威少年
製作發行／秀威資訊科技股份有限公司
114 台北市內湖區瑞光路76巷65號1樓
電話：+886-2-2796-3638
傳真：+886-2-2796-1377
服務信箱：service@showwe.com.tw
http://www.showwe.com.tw

郵政劃撥／19563868
戶名：秀威資訊科技股份有限公司
展售門市／國家書店【松江門市】
104 台北市中山區松江路209號1樓
電話：+886-2-2518-0207
傳真：+886-2-2518-0778

網路訂購／秀威網路書店：http://www.bodbooks.com.tw
國家網路書店：http://www.govbooks.com.tw
法律顧問／毛國樑　律師

總經銷／聯寶國際文化事業有限公司
221新北市汐止區康寧街169巷27號8樓
電話：+886-2-2695-4083
傳真：+886-2-2695-4087

出版日期／2017年4月　BOD一版　定價／200元
ISBN／978-986-5731-73-1

秀威少年
SHOWWE YOUNG

國家圖書館出版品預行編目

大海王的10個祕密 / 林加春著. -- 一版. -- 臺北市 : 秀威少年, 2017.04
面；　公分. -- (兒童文學 ; 41)
BOD版
ISBN 978-986-5731-73-1 (平裝)

859.6　　106003151

讀者回函卡

感謝您購買本書，為提升服務品質，請填妥以下資料，將讀者回函卡直接寄回或傳真本公司，收到您的寶貴意見後，我們會收藏記錄及檢討，謝謝！

如您需要了解本公司最新出版書目、購書優惠或企劃活動，歡迎您上網查詢或下載相關資料：http:// www.showwe.com.tw

您購買的書名：____________________

出生日期：________年________月________日

學歷：□高中（含）以下　□大專　□研究所（含）以上

職業：□製造業　□金融業　□資訊業　□軍警　□傳播業　□自由業

□服務業　□公務員　□教職　□學生　□家管　□其它______

購書地點：□網路書店　□實體書店　□書展　□郵購　□贈閱　□其他

您從何得知本書的消息？

□網路書店　□實體書店　□網路搜尋　□電子報　□書訊　□雜誌

□傳播媒體　□親友推薦　□網站推薦　□部落格　□其他__________

您對本書的評價：（請填代號　1.非常滿意　2.滿意　3.尚可　4.再改進）

封面設計____　版面編排____　內容____　文／譯筆____　價格____

讀完書後您覺得：

□很有收穫　□有收穫　□收穫不多　□沒收穫

對我們的建議：____________________

____

____

____

請貼
郵票

11466
台北市內湖區瑞光路 76 巷 65 號 1 樓
秀威資訊科技股份有限公司 收
BOD 數位出版事業部

(請沿線對折寄回,謝謝!)

姓　名:______________ 年齡:________ 性別:□女 □男

郵遞區號:□□□□□

地　址:______________________________

聯絡電話:(日)______________ (夜)______________

E-mail:______________________________